Ausgelöscht 2.0

von artbyartist

Prolog
...es macht keinen Unterschied, es
nochmals zu versuchen. Sie werden es
bemerken, und sie werden nicht
verstehen, dass ich mit meinem Leben
spiele, um es zu erhalten. Sie werden mich
- und davon kann ich ausgehen - nicht mit
Samthandschuhen behandeln.
Es wäre nicht das erste Mal, aber diesmal
wird es sicherlich schlimmer. Ich versuche
zu verstehen, warum sie dies tun, aber es

gibt für mich keinerlei plausible Gründe -
und genau das ist der Punkt an dem ich
scheitern werde.
Was mache ich hier, wie kam ich hierher
und warum?
Leise und dennoch laut, zerschlagen
Wasserabsonderungen an den Decken, im
Fallen die Stille und der Wunsch nach
Antworten. Feucht modernd riecht es.

Der Boden unter mir ist aus Beton;
uneben, teilweise mit Moos und
Exkrementen überzogen, aber mit
Sicherheit, kann ich dies nicht sagen.
Es kann auch sein, dass meine
Wahrnehmungen nachgelassen haben,
denn es riecht alles gleich und was ich mit
meinen gefesselten Händen auf dem
Rücken am Boden mit den Fingernägeln
frei kratze, kann alles mögliche sein.
Nicht auszudenken, was!

+++++

Hallo, mein Name ist Robert Brauer, 45 Jahre, ehemals viel beschäftigter und wohlhabender Ingenieur, aber jetzt bedeutungslos und normalsterblich. Eigentlich wohne ich in Reutlingen am Rande der rauhen Alb und jetzt...?

Ich erinnere mich noch daran, als ich das letzte Mal das Tageslicht sah. Es war an einer Tankstelle bei München, aber ich kann nicht sagen, wann das genau war. Ich habe etwas verloren, womit ich niemals gerechnet hätte; meinen Sinn für Zeit, Raum und Gerüche.

Wie war es, als ich mit dem Duft eines frisch gemachten Pancakes und Ahornsirup aus meinem sonntäglichen Schlaf gerissen wurde? Phänomenal und einzigartig süß ist die Erinnerung daran. Mit frischer Ananas belegt und einer frisch gebrühten Tasse Kaffee. Es gab keinen Tag, an dem ich nicht von selbst aufgewacht bin, wenn meine Frau mir diese Speise auftischte.

Diese Aromenvielfalt von heißem Fett, süßem Sirup und knackiger Ananas mit einem Duft nach frischen Blüten brachte meine sensiblen Riechorgane zu einer Achterbahnfahrt der Sinne.

Vergessen ist das Essen, denn auch dies ist mir nicht gestattet. Wobei "gestattet" sich sehr zahm anhört; denn es gab seit Stunden, vielleicht auch Tagen keine Nahrung. Das Einzige, das ich zu mir nehmen darf, ist die Wasserration, die ich in unregelmäßigen Abständen mit einem Trichter eingeflößt bekomme. Während dieser Zeremonie verhalte ich mich ganz ruhig und halte meine Würgereiz zurück, genauso wie gewollt.

Ich spüre immer noch die Einstiche der Spritzen in allen Winkeln meines Körpers die mich zu einer leblosen Marionette mit zerschnittenen Fäden gemacht haben. Trotz meiner schlechten Wahrnehmung spüre ich auf meiner Haut das angetrocknete Blut an den Einstichen. Die Haut lässt sich nicht oder schlecht dehnen. Ich kann auch nicht sagen, ob die Wunden entzündet sind, ob sich Ungeziefer daran labt.

Fuck off !

Warum geschieht gerade mir dies? Damals dachte ich noch, mir eine Auszeit zu nehmen. Den Alltag abschütteln um mich selbst zu finden. Ich bin und war iemals ein Aussteiger, aber die Vorstellung genau das zu tun, war mein Antrieb nicht nachzulassen. Nicht nachzulassen, um genau an diesen Punkt zu kommen, ganz ohne Familie, nur ich, nur für mich.
Und jetzt sitze ich in einem Raum ohne Fenster, ohne sichtbare Türen und ohne Möbel.

Einzig die solide geschmiedeten Ketten die meine Füße und Hände vernetzen wie ein Spinnennezt, halten mich straff am Boden fest.

Kann es sein, dass man mit offenen Augen schlafen kann? Ich kenne und spüre den Unterschied nicht mehr. Sind die Augen auf oder zu? Nur die Müdigkeit in allen Gliedern, ja in allen Gliedern, lässt mich sogar meine Notdurft nicht korrekt verrichten. Sehen tut es keiner und riechen kann ich es nicht mehr. Im Boden versinken würde ich, wenn mir dies bei vollem Bewusstsein passieren würde.

"Hallo, was schaust Du so, bist wohl´n Spanner? Wenn ich helfen soll sag´s mir und ansonsten, Finger weg von der Kasse", blökte mich dieser Ziegenbarttragende an, dessen Schweißgeruch sich bei mir so manifestierte, dass ich dachte , dass das was ich gesehen hatte nicht gut war. Diesen Mann dabei überrascht zu haben bei einem Quicki hinter dem Tresen mit seiner nicht anders riechenden jungen Angestellten.

Vielleicht war Sie sogar ein Familienmitglied?
Inzest war und ist leider nichts Besonderes, zumindest sahen verschieden körperliche Komponenten sich sehr ähnlich.
„Widerlich!", dachte ich, während sich der Tankwart seinen "Einfüllstutzen" in aller Ruhe wieder einpackte und die Hände mit einem nicht weniger unappetitlicheren Lappen abwischte.
"HELMUT THE ONLY ONE" stand auf seiner Latzhose, die den Eindruck machte, eine überproportionierte Babylaufhose zu sein.
Helmut - - das passte wie die Faust aufs Auge. Ein Arsch mit Ohren verpackt in einer Latzhose - - toll!

Aber mir ging es nur ums Bezahlen. Mein 911er, Jahrgang 57, den ich schon seit über zehn Jahren durchfütterte und der mir schon so manchen guten Dienst erwiesen hatte, machte mir seit der Einführung von bleifreiem Kraftstoff Probleme.
Tja, man sollte eben die eigenen "Esskulturen" nicht durch andere ersetzen.

Daher streikt mein kleiner Kraftprotz in schönem sonnengelb immer wieder mal und verlangt nach herkömmlichen Sprit, was heutzutage ein fast aussichtsloses Unterfangen ist.

"Tanksäule 3 und ne Packung West. Nehmen Sie auch Kreditkarte?", wie konnte ich mir diese Frage nur gegenüber diesem Inzest verseuchten Eremiten erlauben.

Speichel spuckend, Kaugummi kauend, gurgelt er mir Teile einer Antwort entgegen, die mir vollste Aufmerksamkeit abverlangte, um diese zu verstehen.

" Nuuur Bazhluuung, sonscht abpumpen!" Ich hatte tatsächlich noch etwas Bargeld. Im nachhinein wäre es besser gewesen, wenn er mich mit der Kreditkarte hätte zahlen lassen, dann hätten die, die mich suchen, über meine Karte meinen letzten Standort feststellen können.

Aber wer sollte mich denn suchen, keiner wusste, dass ich unterwegs war. Meine Frau war schon längst gewohnt mich nicht zu suchen und zu vermissen. Lange Zeit haben wir nebeneinander aber nicht miteinander gelebt. Und das nicht erst seit sie bemerkt hat, dass ein zweiter Frühling länger als zwei Sommer gehen kann.

Bankfuzzi, Wichtigtuer nach dem Motto "Mein Auto, mein Pferd, meine Kurtisane". Damit hatte ich sie um den Finger gewickelt wie eine Spinne ihr Netz um ihr Opfer spinnt. Sie hat sich dafür entschieden. Dafür, diesen Weg zu gehen. Glücklicher als früher?

Sei es, wie es ist, wie es war - wir haben uns getrennt. Lange ist es schon her und die Gedanken verblassen langsam aber sicher.

Mir blieb nach der Trennung nur der Trost, es künftig besser zu machen und meine Auswahl besser zu treffen.

Dass mich zu diesem Zeitpunkt auch noch die Finanzkrise mit voller Breitseite wie einen Segler in einer Nussschale erwischte, war nur ein Teil des Übels.

Eigentlich war ich bis zu diesem Zeitpunkt glücklich, ... ok zufrieden! Zufrieden mit meinem Leben und diesem Partner ohne Kinder. Leider hatte es nie geklappt und jetzt können wir froh sein, psychisch unfruchtbar gewesen zu sein.

Wie sehr hatten wir uns Kinder gewünscht, wie oft hatten wir gehofft, dass es klappt, wie oft stritten wir, wenn es nicht klappte. Schuld sollte ich sein und wie immer nahm ich jene auf mich.

Mein Leben lang hatte ich mir eine Rhinozeroshaut angelegt, um alle Schuld der Welt auf mich zu nehmen. Vielleicht bin ich eine allgemeine Gefahr für die Menschheit, von der ich bisher nichts wusste.

Schuld und Sühneträger der Nation.

Ich bin nicht Hitler oder ein anderer Diktator. Habe niemals jemandenm etwas getan oder versucht, jemanden zu verletzen. Selbst der Gedanke daran, Unrecht zu tun macht mich unglücklich.

Das was mir nun passiert, kann nur ein Irrtum sein, eine Verwechslung, ein Spaß? Steckt meine Ex-Frau dahinter? Späte Rache für die Zeit die ich Ihr genommen habe?

Blödsinn!

Ich habe nichts und bin nichts und den 911er haben die so oder so. Dazu müssen die mich nicht quälen und erniedrigen. Sind es überhaupt mehrere? Bisher konnte ich noch keinen sehen oder hören. Es könnte auch eine Einzelperson sein – weiblich oder männlich!

"Fahren Sie in Richtung München?" fragte das Mädchen, die Kindfrau von der Tankstelle in genau dem Moment als ich meinen fahrbaren Untersatz besteigen wollte, um diesen unmoralischen Ort zu verlassen. Damit rechnete ich natürlich nicht nach dem Sprachkurs Ihres vermeintlichen Erzeugers und Schänders. Sie stellte Sich kurz mit ihrem Vornamen vor. Tatjana, welch ein schöner Name für so ein armes Kind.

Wie immer fühlte ich mich auch dafür zuständig und öffnete Ihr bereitwillig und mit einem zustimmenden Nicken die Beifahrertür meines Porsches. Wie ein leuchtender Engel stieg dieses blonde Mädchen, höchstens 20 Jahre alt, einen Stock tiefer in meine leicht ausgebleichten Leder-Recaro Sitze.

Ich gebe Gas.
Versuche Sie erst zu fragen wohin Sie genau möchte, nachdem wir den Ort der schrecklichen Begebenheiten verlassen haben.

Sie sah schön aus, der schmuddelige Look, der erste Eindruck war weg.
Es war, als würde sie alles abstreifen. Sie war ein anderer, schönerer und normaler Mensch. Breitbeinig, mit nur einem kurzen Rock und einem Öl verschmierten Top bekleidet, füllte sie den Sitz wie eine Auster Ihre edle Schale. Zum Anbeißen schön und unnahbar, ließ ich jegliche Anspielung und Anmache wegen Ihres"Vaters" mit den Abgasen hinter uns. Wir fuhren die A8 entlang, ohne zu sprechen, immer am Rande der Geschwindigkeitsbegrenzung und ohne zu halten bis München durch. Kurz vor dem Inneren Ring stieg Sie mit einem Lolita lastigen Blick und einer kurzen Verabschiedung aus. Ich ließ Sie an der freien Tankstelle heraus, in der Hoffnung, dass Sie nicht nur ein Tank-Girl war.

Während ich versuchte, meinen Flitzer an einer Putzbucht zu säubern, um bei meiner Weiterfahrt zu glänzen, bemerkte ich, dass ein schwarzer Kleintransporter neben mir hielt. Die Fenster waren alle verdunkelt. Damals dachte ich, dass dies sicherlich ein Geld- oder Sicherheitstransporter sei. Weit gefehlt.

Nachdem ich mir erlaubt hatte, mit einem feuchten Toilettentuch die Überreste von Generationen von Mücken von meiner Frontscheibe zu entfernen, was mir nebenbei gesat, nicht gelang, hörte ich noch das Öffnen einer Ladetür von besagtem "Sicherheitstransporter". Im selben Moment traf mich ein Schlag im Nacken. Kein Chlorophorm, kein Betäubungsmittel, einfach mit einem harten Gegenstand nieder gestreckt.

... und dann wachte ich hier auf.
In einem Kerker lebendig begraben.

Ich kann nicht einmal sagen, wie lange ich mein Bewusstsein verloren hatte. Aber etwas hatte mich geweckt, es war nicht der stechende Geruch des Urins in meiner Hose, sondern der erste Kontakt mit dem Wassertrichter, Ich schluckte und bekam keine Luft, ich dachte, dass ich ersticke. Dann kamen die Spritzen.

Die Tür knarrt, welche auch immer!
Es betritt jemand den Raum, aber es gibt kein Licht. Der Luftzug der offenen Tür umgibt mich mit Frische, gleichzeitig vernehme ich einen anderen Geruch.

Funktionieren meine Sinne wieder?
Wieder der stechende, süße Geruch.
Bin ich das oder bin ich nicht allein in
meinem "neuen zuhause"?
Etwas wurde in den Raum gelegt.
Vorsichtig versuche ich, meine gefühllosen
Beine zu aktivieren. Langsam strecke ich
sie in die Richtung, in der ich den
Gegenstand vermute, von dem ich nicht
weiß, was es sein könnte.
Plötzlich merke ich eine Berührung und
erkenne, dass meine Schuhe entfernt
wurden. Meine Füße, nur in Socken,
spüren, dass es sich um einen
menschlichen Körper handelt. Um einen
nackten Körper. Nein, doch nicht ganz
nackt. Ich spüre mit den Zehen eine Kette.
Eine Kette mit einem Medaillon. Beim
vorsichtigen Abtasten der Kette und des
Medaillons aktiviere ich die Spieluhr an
der Kette – es ist die kleine Nachtmusik.
Sie kommt mir sehr vertraut vor, schon
lange nicht mehr gehört. Dann das
plötzliche Ende der Musik – es ist das
Medaillon meiner Frau! Kurz bevor wir uns
trennten, versuchte ich verzweifelt Sie mit
Schmuck an mich zu binden.
Fehlgeschlagen – wie die ganze Ehe.

Kein Zweifel, unter der Kette liegt der reglose Körper meiner Frau.
Ich bin dabei zu erbrechen, zu schreien, aber die Stimme versagt.
Das Erbrochene findet sich in meinem Schoß wieder. Ich ekelte mich vor mir selbst und will sterben, nur sterben, jetzt!

"Steh auf! Und wehe du versuchst zu fliehen!", sagt eine mir bis jetzt unbekannte Stimme. Ich konnte gar nicht recht realisieren was passiert war, aber ich musste wohl ohnmächtig geworden sein. Aber weswegen?
Plötzlich wurde es hell um mich herum, meine Entführer haben sich entschlossen, mir das Grauen zu zeigen.
Und da sah ich es! Der Raum in dem ich gefangen gehalten wurde ist quadratisch und hat keine Fenster, nur eine Tür, die hinter meinem Rücken sein muss. Von dort kommt auch die Stimme und das grelle Licht eines Halogenstrahlers, der mich so blendet, dass ich nur die Umrisse dieser Person erkennen kann.
Meine Ketten sind entfernt und ich sehe weiter an mir herab und erkenne mein getrocknetes Erbrochenes auf meiner Hose.

Wie ein gewünschter Farbverlauf schimmern die unterschiedlichsten Farben ekelig mir entgegen.

An meinen Händen ist Blut, überall ist Blut, auch an meiner Kleidung.

Ich sitze in einer Blutlache ist das etwa mein Blut?

Plötzlich, schlagartig wird mir klar, von wem das Blut stammt.

Von dem leblosen Körper in der Ecke hinter mir. Von meiner Frau.

"Du verdammter Drecksack, was hast du mit ihr gemacht?". Auf allen vieren kroch ich in die Ecke des Körpers und erkannte sie. Sie lag mit Packband gefesselt am Boden. Sie war tot. Ihr ehemals schönes Gesicht war durch das Klebeband auf dem Mund entstellt. Ihre Augen waren weit aufgerissen, als hätte sie den Moment des Todes und das Antlitz des Mörders gesehen.

Am Boden lag noch das Messer, blutverschmiert und auf ihrem Shirt waren zahlreiche Einstiche zu erkennen.

"Dieses Schwein, ich werde dich umbringen" ging es mir durch den Kopf.

Ich griff nach dem Messer, nahm all meine Kräfte zusammen um aufzustehen, um diesen Typen das Messer in den Bauch zu rammen. Meine Glieder schmerzten und ich fühlte mich wie in Zeitlupe auf ihn taumelnd. Es waren nur wenige Schritte, aber es kam mir vor als hätte ich den Leichnam meiner Frau an den Beinen. Wom! Ein Schlag gegen meinen Kopf beendete unsanft meinen Angriff.
Wie paralysiert wankte ich, drehte noch eine Runde um mich selbst, um dann direkt Kontakt mit dem Boden zu machen. Das Reich der Träume hatte mich wieder zurück – knock out!

"Hallo, hier können sie mit ihrem Auto nicht stehen, fahren sie bitte weg" ertönte eine rauchige Stimme in meinem Kopf. Tatsächlich, ich sitze in meinem 911er, irgendwo auf einem Feldweg, irgendwo! Aber wo war ich? Dann habe ich dies alles nur geträumt? Ich sollte einfach die Finger von Drogen lassen. Hilft zwar manchmal, ist aber fragwürdig, wenn ich jetzt schon nicht einmal mehr weiß, woher ich komme und wo ich mich aufhalte.

Vielleicht sollte ich diesen freundlichen
Herrn mit seinem Weckruf fragen, wo ich
bin. Es sieht alles sehr ländlich aus. Felder
und Wiesen um mich herum, Berge in
Sichtweite und dieser nette Bauer mit
seinem Traktor.
Klar doch, ich habe seinen Weg versperrt.
Langsam kurbele ich mein Fenster
herunter und denke für einen Augenblick
daran, wie es wäre elektrische
Fensterheber zu haben. "Kein Problem, ich
fahre gleich weiter, ich habe nur kurz ein
Nickerchen gemacht!" entgegnete ich ihm
mit etwas Verzögerung. "Tut mir leid".
Ich hatte mein Lieblingssakko an, mit dem
passenden Poloshirt und meiner viel zu
knittrigen Leinenhose.
Auch Schuhe hatte ich an, keine Spur von
Socken, barfuss in meinen Boatschuhen,
so wie ich es liebte.
Rückwärtsgang rein und rückwärts raus
aus dem Schlamassel.

Die Räder drehten durch, und einen
Moment später krallten sie sich in den
Untergrund. Erde und Schlamm spritzte
auf und befleckte meinen gelben Flitzer.
Was habe ich nur geträumt ? War ich nun
vollkommen verrückt?

Was sollte das hier in diesem Raum mit meiner Ex-Frau, in dem ich festgehalten wurde, nur werden?
Das kann alles nur geträumt sein ! Am besten schnell vergessen und zackig den Weg nach Hause suchen.
Aber wo genau bin ich? Die nächste Ortschaft ist zwei Kilometer entfernt und heißt Oberaudorf. Das liegt doch auf dem Weg in Richtung Kufstein.

Ich werde die nächste Ausfahrt nehmen und wenn ich zuhause bin, bei meiner Ex anrufen, nur um festzustellen, dass alles nur ein blöder Traum war.

Wie immer ist diese tolle Autobahn nur einspurig befahrbar; klasse, wir haben ja auch unendlich Zeit, die Umgebung zu genießen. Es ist zwar schön hier, aber zwischen zwei riesigen Lastern im Schneckentempo zu fahren macht müde.
„Am besten rufe ich gleich bei meiner Ex an. Sie müsste noch im Handy gespeichert sein", dachte ich für mich. Manche Sachen möchte man einfach nicht löschen, ausser aus dem Gedächtnis.

"Verdammte Kacke, wo ist mein blödes Handy nur?" schreie ich genervt in meinen Rückspiegel, und hoffe auf die Möglichkeit es dort auf dem Rücknotsitz zu entdecken. Vergeblich, da war kein Handy und ich könnte schwören, dass ich es immer bei mir führe!
Nächster Parkplatz rechts raus und suchen.
Typisch, anscheinend müssen alle Brummifahrer ebenfalls was suchen.
Müssen die jetzt tatsächlich auch raus? Nur die Nerven behalten. Parklatz in Sicht bei den Toiletten.
Doppelplatz nur für mich und für Behinderte. Wird schon keiner kommen...!
Ich steige aus und besichtige meinen verschmutzten 911er. Es tut mir unendlich leid, diesen Dreck zu sehen. Morgen werde ich ihn per Hand waschen, das hat er sich verdient; und den Innenraum werde ich auch aussaugen, gelobe ich mir. Sicherlich wird dann mein Handy auftauchen. So ein kleines Auto und dennoch so viel Platz um Sachen nicht zu finden.

Am besten ich werde die Notdurftstation erst aufsuchen, bevor die Brummifahrer mir den Weg zum Pissoir versperren.
Glück gehabt, ich bin alleine.
Spuren von Fäkalien zeichnen den Weg in den Raum mit Oberlicht und vergittertem Dach. Fast wie im Knast oder in meinem Traum. Schnell in die Toilettenkabine, abschließen und loslegen. "Kein Papier??!!" Mist ich muss zurück zum Auto, Taschentücher holen.
Jetzt klemmt auch noch die Tür. Ich stemme mich dagegen, aber sie rührt sich überhaupt nicht. Jetzt rutschte ich auch noch aus. Schmieriger Untergrund - ekelig.
Wer oder was ist das!? Da steht jemand vor der Tür und hält sie zu. Ich sehe ein paar Füße in billigen Turnschuhen ,Marke Osteuropa.
"Machen sie bitte den Platz vor der Toilette frei, ich muss raus!" keine Reaktion und die Füsse stehen immer noch da.
Was für ein Tag!
Nun nehme ich Anlauf und ramme mit meiner Schulter die Tür. In der Hoffnung, dass es mir gelingt, zu öffnen, bevor mir ein Unglück geschieht.

Die Tür schwingt auf und ich fliege ungebremst gegen das Waschbecken. Schulter und Nacken als Crashtest-Dummie für Toiletten. Der Schmerz zieht sich bis in die Haarspitzen und ich liege in aufgeweichtem Toilettenpapier. Ich könnte spucken – aber habe ich überhaupt etwas im Magen? Keine Ahnung wann ich das letzte mal etwas gegessen habe, merkwürdig!

Der Typ war weg, sicherlich hat er sich nur eine Nadel "Glücksgefühle" verabreicht und ist dann verschwunden.

„So jetzt raus zum Auto", freue ich mich. Die Seitentür war angelehnt, komisch, hatte ich sie nicht zugeschlagen?

Egal, Papier her, es drängt.

Gefunden und schnell wieder zurück in die noch leere Einzelzelle mit Blick zum Himmel.

Viel länger hätte ich es nicht ausgehalten, nochmals Glück gehabt. Fertig. Nun aber das Handy suchen. Der Rastplatz ist noch immer voll mit Brummis, aber wenige Fahrer sind zu sehen, vielleicht machten die meisten ein Schläfchen?

Den Arm lang und die Hand schmal gemacht, gleitet meine Rechte unter den Beifahrersitz auf der Suche nach dem Handy.

Uuups, was lag denn da? In meiner Hand befand sich der Griff eines Messers, lederumwickelter Griff, geriffelte Oberseite wie eine Säge und eine ziemlich scharfe Unterklinge. Seit wann hatte ich so ein Messer bei mir?

Das muss jemand verloren haben. Aber wer? Keine Zeit für solche Fragen, zurück damit auf die Rücksitzbank.

Und von dem Handy weiter keine Spur. Sei es drum. Weiterfahren.

Noch circa eine Stunde und ich wäre zuhause in meiner kleinen Wohnung. Nicht in unserem ehemaligen großen Haus, mit meiner Frau. Nein, jetzt in den Restanten unserer Ehe, dachte ich mit Wehmut zurück.

Heute war ausnahmsweise mein Parkplatz nicht durch das Auto der Tochter meines Nachbarn versperrt.

Meistens durfte ich mein Auto ausserhalb meines Parkplatzes parken, da die Göre den schnellsten Weg nach Hause suchte, wenn sie abends von Ihrem Freund heim kam.
Kinder eben!

Das Licht im Treppenhaus ging an und die Haustür nach meinem Betreten zurück ins Schloss. Die Treppen waren frisch gebohnert, ich musste aufpassen, dass ich nicht ausrutschte. Die Verletzungen von heute waren genug.
Zeitungen und Post hingen aus dem Briefkasten. Wie lange war ich weg gewesen?
Schnell rein und anrufen!
Riiiiiiing!, kaum war ich im Raum, schon klingelte es an der Tür.
"Ja, hallo wer da?" rief ich in die Sprechanlage ohne zu wissen ob es unten oder oben an der Eingangstür läutet.
Keine Antwort und vor dem Spion sah ich auch niemanden.
Zurück ins Wohnzimmer, telefonieren.
Erster Versuch, zweiter Versuch, immer belegt, egal. Dann eben erst ins Bad.
Licht an, Klamotten aus und unter die Dusche.

Das kalte Wasser tat gut und erweckte mit kleinen Nadelstichen meinen Körper zu neuem Leben.

Ich musste mich ziemlich in der Toilette angeschlagen haben, bei der Menge von blauen Flecken. Selbst am Hinterkopf und im Gesicht hatte ich Blessuren, konnte mich aber nicht daran erinnern, mich verletzt zu haben.

Salbe und Pflaster darauf und gut war es!

Im Kühlschrank befanden sich noch zwei Flaschen Bier. Die kippte ich mir im Schnellverfahren rein. Zum Essen befand sich leider nicht viel im Kühlschrank, hatte wohl vergessen einzukaufen.

Morgen werde ich mein Handy als gestohlen melden, damit kein Mist damit getrieben wird. Karte sperren und Schluss, sagte ich mir!

Das Bett, 1,90 auf 90 wartete auf mich und wie immer hingen meine Beine leicht über die Umrandung. Ich hätte mir damals nach unserer Trennung gleich ein neues Doppelbett, noch besser ein elektrisch, rotierendes rundes Bett mit Satinwäsche kaufen sollen.

Es dauerte nicht lange und mein Körper musste dem Tag Tribut zollen und ich fiel in tiefen Schlaf.

Die ersten Sonnenstrahlen kitzelten mich wach. Wir hatten November und ansonsten wenig Sonne, morgens um 9 Uhr.
Verdammt, verschlafen, ich musste schnellstens ins Büro.

Gut, dass es Tankstellen gab. Es gab dort einfach alles, von der Zahnbürste über den Aknestift, Kaffee, Brötchen bis zum Eiswürfelzubereiter.
Was hatten wir nur früher gemacht, als es nur Benzin dort gab?

Es war Freitag und das Büro war von lauter fleißigen "Casuals" bevölkert.
Jeans, kurze Röcke und Turnschuhe, sonst unüblich aber am Casual Friday üblich. Nur ich hatte es mal wieder vergessen, meinen Anzug zu tauschen.
Ein paar Termine waren heute noch zu erledigen, aber ansonsten begann heute das Wochenende. Morgen noch ein Wochenendseminar und dann sahen wir weiter.

Ach ja, meine Ex-Frau werde ich dann
versuchen, nächste Woche zu erreichen,
oder später!
Jetzt freute ich mich erst einmal auf den
morgigen Seminartag .
Nein, eigentlich freute ich mich nur auf die
anschliessende Party.
Da gab es wie immer tolle Stimmung, viel
Alkohol und anhängliche Sekretärinnen,
Auszubildende und Praktikantinnen. Die
meisten Damen verloren jegliche Facon
und dies konnte ausserordentlich amüsant
sein, zumindestens war es in den Jahren
zuvor so gewesen.
Und dieses Jahr hatten wir sogar eine
neue Mitarbeiterin in der Revision.
Sie machte mir schon seit ihrem Start
schöne Augen.
Das Essen fand wie immer in unserem
Kasino statt und danach ging es direkt in
den Club.

Samstag

Es war ein eiskalter Samstagabend, einer
dieser typischen Tage an denen man
morgens mit dem Raureif zu kämpfen
hatte und nach Feierabend sowieso.

Mindestens zweimal am Tag mußte ich mein Auto frei kratzen von den Vorboten des Winters. Für mich persönlich ist es und war es immer zu früh für den Winter. Aber was kann schon ein einzelner Winterhasser tun? Ich hatte sogar mit dem Gedanken gespielt..., nein, man hat mir geraten, eine Standheizung für meinen Porsche zu kaufen. Hervorragende Idee zum Klimaschutz, da werden mich meine ökologisch einwandfreien Freunde sicherlich zum Steinigen einladen, mit mir in der Hauptrolle, ha ha, dachte ich spöttisch.

Da blieb ich doch lieber bei meinem alt bewährten Eiskratzer in Neongelb. Vielleicht hätte ich Geld anlegen sollen in Aktien für die Herstellung von Eiskratzern, anstatt mein halbes Vermögen den Investment-Bankern zu überlassen. Wie ich schon immer sagte: „Gib nie einem Kleinkind Geld in den Sandkasten, du wirst es niemals wieder finden".

Jetzt war es schon seit über zwei Wochen so eiskalt, dass ich manchmal beim morgendlichen Kratzen mit meinen Fingerkuppen an der Scheibe festfror.

Ich sehnte mich nach unseren schönen und heißen Sommermonaten zurück.
Nichts da, im Moment nicht absehbar und wir hatten immer noch eine knirschende und fröstelnde Kälte, die jegliche unnötige Bewegung schon im Keim ersticken ließ.
An diesen Tagen waren kaum Menschen unterwegs, sie waren lieber zuhause in ihrer Küche mit Wärmflache und einem Grog als beim Flanieren mit der Liebsten in der Stadt. Selbst heute klatschen die kalten Winde triumphierend Applaus.
Und an diesem Tag war es nicht nur kalt, nein, dieser Tag war "ausschlaggebend" für mein weiteres Leben.
Gerade heute, hatten wir dieses ganztägige „Persönlichkeits" Seminar unseres Büros.
So ein Quatsch und so eine Geld- und Zeitverschwendung. Wenigstens war der Abschluss, unseres gemeinsamen Essens mit und ohne Alkoholleichen, immer ein kleines Highlight. Eigentlich hasste ich solche Pflichtveranstaltungen, aber fehlen konnte ich mir nicht erlauben. Sonst musste ich mir am Montag von meinen Vorgesetzten anhören, welch Schlappschwanz ich sei.

Ein Grund mehr das Büro bluten zu lassen und daran teilzunehmen.

Damals war ich schon fast eine Ewigkeit im Unternehmen. Zunächst als Auszubildender und dann als Angestellter. Mit Verantwortung.
Eigentlich war es ein Glücksfall diesen Job zu haben.
Aber wie es meistens mit dem Glück ist, verlor sich auch hier die Spur im Laufe der Zeit im Sand. Das Phänomen glücklich zu sein, konnte sich keiner kaufen, denn dieser Zustand von Freude verging wie die Nacht am Morgen.

Wir waren zehn oder vielleicht sogar elf oder zwölf Personen, so genau konnte ich es nicht mehr sagen.

Alte und neue Mitarbeiter tummelten sich an der großen Tafel im Kasino. Ein langer Holztisch, kantig natürlich und Bänke ohne Lehne, gewöhnungsbedürftig. Dennoch schön und ungewöhnlich gedeckt, mit silbernen Platztellern, weißem Porzellan und Silberbesteck.

Die Dekoration war eine Mischung von
„Schöner wohnen", derbem Landhausstil
und afrikanischer Kunst. Das Brot zum
Appetit anregen wurde auf getrockneten
Palmblättern präsentiert, Windlichter mit
riesigen Glasglocken schirmten jeglichen
Außeneinfluss von Wind an der Flamme
vorbei. Kleine Äste mit vertrockneten
Früchten umspielten die einzelnen
Tellerarrangements. Die Musik war eher
brasilianischen Ursprungs und untermalte
dezent den Abend.
Es gab verschieden Menüs. Es war für
jeden etwas dabei.

Nachdem wir unsere Bäuche gefüllt hatten
mit allem was der Koch aufbieten konnte
und die ersten leeren Karaffen Wein im
Schein der Kerzen leuchteten,
machten wir uns auf in den Club.
Auf dem Weg dorthin fiel mir ein, dass ich
heute vergessen hatte meine Ex
anzurufen. Was mache ich mir nur
unnötige Gedanken, lass die „Alte" sein
und erfreue dich an dem Neuen!

Wir fuhren im Konvoi zum Club. Wir
hatten alle schon die richtige
Lauftemperatur unseres eigenen Motors.

Der Club war klein, dunkel und überfüllt, und durch die Ausdünstungen der vielen Leute war es tropisch schwül. Massen anonymer Hintern, Hüften und Schritte schoben sich an mir vorbei. Mein Körper drückte sich in Jeans, Leder, Satin und nackte Haut.

Auch die Neue, Rosa aus der Revision hatte sich dicht an mich herangedrückt, um mich bei der hämmernden Musik besser verstehen zu können. Wobei ich nicht viel zu sagen hatte.

Sie hatte ihre Ellbogen auf den Tisch gestützt und ihr Kinn auf die Hand gelegt. Sie trank einen Schluck Bier und ich pulte das Etikett von meiner Flasche, bis der Tisch vor uns übersät war mit Papierfetzen.

Das Bier schmeckte warm und schal, obwohl die Flasche frisch angebrochen war. Oder doch nicht? Schwer zu sagen. Ich fühlte mich benebelt und setzte die Flasche wieder ab und pulte weiter an dem Etikett.

„Jedes Jahr das selbe und dennoch etwas anders!" versucht ich einen Smalltalk mit Rosa zu beginnen, in der Hoffnung, dass sie mich verstehen würde.

„Was soll denn dieses Jahr anders sein?
Kannst du mir das erklären? Für mich ist
alles neu und es macht viel Spaß" kam ihre
laszive Stimme in die Nähe meines
Hörorgans. Ich hob die Flasche an die
Lippen, doch sie war leer.
„Normalerweise werden einige unserer
Mitarbeiter am Ende heraus getragen und
am Montag wissen sie davon schon nichts
mehr. Und je nachdem, wer es ist,
unterlässt du lieber die Frage danach!"
Langsam merkte ich, dass meine Laune
gleichsam unterging mit jedem weiteren
Schluck Bier und ich wusste, dass ich kurz
davor war, betrunken und rührselig zu
werden. Daß ich mit dem Reden und
Trinken aufhören musste und nach Hause
gehen sollte. Aber der Gedanke war fast
genauso schnell wieder verflogen, wie er
aufgetaucht war. Rosa war nicht klein zu
kriegen, sie erschien mir, als sei sie
resistent gegen den Alkohol. Sie legte ihre
Hand auf meinen Arm.
„Es ist ganz toll hier. Und ehrlich gesagt,
wenn ich dies sagen darf, finde ich dich
ganz toll".
Jemand stieß mich an und ich schaute auf
Rosa und sie hielt mir ihr Glas hin.

Ich hatte gar nicht bemerkt, dass ich an der Theke gewesen bin.
„Schluss mit dem Bier", sagte sie. „Wir sind nicht zum Spaß hier".
Ich roch an dem Getränk. Tequilla. Rosa kam meiner Ablehnung zuvor.
„Ich dachte, du wolltest dich besaufen?", sagte sie.

Es gab Momente der Nüchternheit, in denen ich aus dem Alkohohl auftauchte wie ein Ertrinkender zum Luftschnappen. Sie dauerten gerade genug, um zu sehen, wohin die Strömung mich getrieben hatte, ehe sie mich wieder hinab zog.
Im Club wurde es heißer und voller. Die Luft war geschwängert mit Körperausdünstungen, Parfüm, Zigarettenrauch und verschüttetem Bier. Bei dem grellen Licht und der stampfenden Musik dröhnte mein Schädel. Wir konnten uns nur noch verständigen, indem wir nahe aneinanderrückten und brüllten. Einmal spürte ich Rosas Lippen direkt an meinem Ohr und ihrem heißen Atem auf meiner Haut. Sie roch nach Schweiß und einem herben Parfüm und ganz leicht nach Knoblauch.

Während sie sprach, lag ihre Hand auf meiner Schulter. Ich konnte sie warm und feucht durch mein Hemd spüren. Ich konnte die Hitze spüren, die ihre nackte Haut ausströmte. Das enge Top klebte an ihren Brüsten, aber Bauch, Arme und Schultern waren bedeckt. Ich schloss die Augen und nahm den Lärm und die Berührungen wahr, und ich empfand etwas.

Ich konnte ihre Worte hören, verstand sie aber nicht mehr. Ich verabschiedete mich für eine Weile, und als ich zurückkam, war ich noch immer am selben Platz, und nichts hatte sich verändert.

Ich spürte einen Druck in meinem Ohr, leichte Atemstöße, bis ich merkte, dass jemand mit mir sprach. Rosas Kopf füllte mein Blickfeld, so groß, dass ich nichts erkennen konnte. Ich rückte ein Stück zurück und sah, wie sich ihre Lippen bewegten. Nur mühsam konnte ich mich davon abhalten, wieder abzudriften.

„Was?", fragte ich. Meine Stimme klang weit entfernt.

„Ich habe gefragt ob du tanzen willst".
Ich schüttelte den Kopf. Er fühlte sich so schwer an, als würde er nicht zu mir gehören.

„ Ich weiß nicht, ich bin doch ein miserabler Tänzer. Das kann ich keinem antun".

Sie sagte etwas, aber ich konnte es nicht verstehen. Rosa stand auf und ich betrachtete ihren Bauch, der schön gebräunt und wohlgeformt war. Als sie sich umdrehte und sich durch die Mengen drängte, die sich vor dem Tisch staute, hob sich der Hosenbund ihrer Jeans von ihrem Rücken, sodass man unter dem Abdruck, den er auf der Haut hinterlassen hatte, ein weiteres Stückchen ihres Steißbeines sehen konnte. Sie verschwand in dem Gewimmel aus Körpern. Ich hatte das Gefühl, als würden Drahtseile an mir ziehen, gegen deren Widerstand jede Bewegung ankämpfen musste. Hin und wieder aber ließen sie locker und meine Glieder zuckten unkontrolliert umher. Ich schaute über die vor mir stehenden Leuten hinweg. Die Decke war verspiegelt und ich sah rhythmisch hüpfende Köpfe und Schultern und ausgestreckte Arme, die in den flackernden roten und blauen Lichtern umherschwankten wie Seetang.

Rosa kam zurück und ich hatte keine Ahnung wie lange sie weg gewesen war.

Ihr Haar fiel klatschnass über die Stirn, ihre Arme und ihr Oberkörper waren gerötet und glänzten vor Schweiß. Nach der Anstrengung hoben und senkten sich ihre Brüste. Das Top hatte dunkle Flecken und klebte an ihrer Haut. Sie legte abermals ihre Hand auf meine Schultern und mit einem Mal waren wir draussen,und es war ruhig und kühl. Die Kälte macht mich nüchtern und klar im Kopf. Ich hatte auch meinen Arm um Rosa gelegt und spürte auch ihren an meiner Hüfte. Sie schmiegte sich dicht an mich. Ihre Haut war brennend heiß und glitschig. Mir geisterte der Gedanke durch den Kopf, mit ihr zu schlafen. Irgendwo kam Widerspruch auf, aber viel zu schwach, um mich darum zu kümmern.
Meine Hand streichelte ihren Rücken unter dem Top und ihre Lippen berührten meine. Ihre Zunge und ihre Zähne schienen riesengroß zu sein.
Durch den dünnen Stoff drückten ihre harten Brustwarzen gegen meinen Körper. Ihr Körper war eine Einladung der Sinne. Und dieser folgte ich. Wir verließen den Ort und mieteten uns für den Rest der Nacht eine Bleibe.

Wir liebten uns ohne Reue und danach inspezierte ich sie wie einen neuen Wagen. Sie war bildhübsch.

Ihr Kopf, klein zierlich, mit langen schwarzen Haar und silbernen Strähnen zu einem Zopf gebunden. Die Ohren wohlgeformt. Die Nase ist so klein wie der Kopf, etwas spitz und aufmüpfig. Die Augen, blaugrau wie das Meer, kurz bevor man nach dem Tauchgang an der Oberfläche erscheint.

Der Mund ebenfalls zierlich und von einem schmalen Lippenpaar umrahmt.

Ihr Körper, groß, schlank und durchtrainiert. Glatt wie ein Pfirsich. Am Unterarm, Übergang zur Handinnenseite hatte sie extrem glatte und weiche Haut, wie ein Neugeborenes.

Ich liebte es, sie dort zu streicheln, zu küssen. Es war einer der Punkte an ihrem Körper, der sie erregte, leicht und wohlwollend. Dann gab es noch weitere Schätze die gefunden werden wollten; im Nacken, direkt am Haaransatz, in der Halskehle unterhalb des Adamsapfel, die Fingerglieder und ihre Füße – sie waren der Höhepunkt.

Nicht das man mich falsch versteht, denn ich stehe sonst nicht auf Füße, aber diese waren etwas Besonderes – für uns beide.

Am nächsten Morgen erfuhr ich mehr von Rosa.
Rosa, die Neue, etwa mein Alter, wohnte in einem großen Haus mit einem, ich sage dieses Wort ungern, da es sehr abschätzend ist, aber ich empfand dies so, Liebhaber.
Er war älter als sie und er wusste sie auszunutzen; das Haus und ihre Gefühle. Schleimiger Drecksack nur an sich denkend, vögelte er sich "seine" Partnerin zurecht, auf ihre Kosten. Irgendwann hatte er genug von ihr und stieß sie wieder zurück in die Gosse.

Eigentlich war sie war stark, mental und körperlich.
Ausdrucksvoll.
Sie war und ist eine imposante Erscheinung. Auch sie suchte das Glück, das Glück jemanden zu finden der sie liebt. Über die Jahre hinweg wurde sie wie ein Gefangener in ihrem eigenen Körper gehalten. Die Männer meinten es nicht gut mit ihr.

Sie war nicht willensstark genug, dies zu ändern.

Trotzdem eine tolle Frau, dachte ich.
Weit verfehlt!
Sie ist verwundbar, ängstlich und tiefe Wunden haben sich in ihrer Seele manifestiert!
Sie hatte das Gefühl verloren zu spüren, was ihr gut tat.
Ist sie nun das verletzte Tier?

Es waren nur Momente, die aber waren für die Ewigkeit geschaffen.
Ihre Zuneigung brachte mich dazu jegliche Tabuschwelle hinter mir zu lassen.

Ich hatte mich in sie verliebt!
Es war der Beginn einer für mich niemals zuvor gespürten „Zuneigung. Eine „Verpflichtung zu Lieben"!
Wir liebten uns als ob wir uns niemals vorher jemandem geöffnet hätten.

Die Tage, Wochen und Monate vergingen und wir hülllten unsere leidenschaftliche Liebe in den Deckmantel des Schweigens.

Wir erfanden Geschichten für die „Anderen". Niemand sollte je erfahren, was sich hier abspielte. Dadurch lebten wir in unserem Lügenfeld, wie Schauspieler und Komparsen, hielten stets Kontakt zu unserer eigenen Regie. Nur keine Fehler machen. Jeder Auftritt war eine Premiere und es gab keine Möglichkeit von Proben. Das wussten wir!
Es ist erstaunlich welche Kräfte entfesselt werden, welche Ideen entstehen können und wie man ein zweites Leben – eine zweite Identität führen kann.
Und es waren uns jegliche Mittel recht diese zu bewahren, legale und illegale. Diese zweite Identität kann nur existieren, wenn die Immunität gewährleistet wird. Aber kann Liebe ständig hinter verschlossenen Türen gehalten werden?

Der Mensch ist dazu geschaffen, zwei Gesichter zu haben, sie aber nicht zu zeigen. Im Innersten verborgen hüten wir all die Dinge, die unser Leben zum einstürzen bringen können.

Ich hatte neue Welten geschaffen, Menschen erfunden – eine Scheinwelt in der wir uns auf dünnem Eise bewegten.

Aber dies war uns egal. Wir verdrängten die Vorstellung jemals entdeckt zu werden, wir lebten und liebten den Augenblick als sei es der Letzte.

Keiner wusste von uns und wir trieben es, ja wir trieben es wie Tiere wo wir nur konnten.
Schamlos, furchtlos, gedankenlos in Garagen, in Büros, auf Partys und öffentlichen Veranstaltungen, wo auch immer sich die Möglichkeit ergab, fielen wir in Liebe übereinander her. Wir nutzten jede Minute für uns, hatten aber immer die Angst erkannt zu werden. Die Öffentlichkeit scheuten wir und im Schutze der Dunkelheit nutzten wir jede Möglichkeit uns zu küssen und zu lieben. An manchen Tagen vergassen wir jegliche Hemmungen und liefen durch die Straßen und Gassen, Hand in Hand, eng umschlungen, uns küssend. Ein Jeder hätte uns erkennen und unser Geheimnis platzen lassen können. Vielleicht gab es Menschen die uns erkannt haben und uns hinter unserem Rücken in der Öffentlichkeit denunzierten.

Rosa war glücklich, sie war ein neuer Mensch, sie war ausgeglichen und ein jeder spürte dies. Es fehlte für die Öffentlichkeit nur noch der Partner um das Glück und die Liebe allen zu zeigen.

Die Zeit verflog und unsere Liebe mit?

Rosa veränderte sich und ich verlor die Möglichkeit, an ihrem Herzen teilzuhaben. Sie entfernte sich immer mehr von mir. Anfänglich empfand ich es als eine „normale Form" von Veränderung. Ein Wechsel im Körper.
Aber das die Ängste im Spiel waren, dies war mir nicht bewusst!
Ich erkannte nichts schlimmes trotz dunkel werdenden Wolken, ich sah keine Prophezeiung und ich wünschte mir und uns, jeden Tag zu nutzen und nicht daran zu denken was kommen könnte – die Reiter der Apokalypse?

Für mich waren es Gründe die unbeschreiblich und schrecklich waren. Und je mehr ich mich damit auseinander setzte, umso mehr spürte ich den Graben, der sich zwischen uns auftat.

Sie sah keine Zukunft in unserer Liebe.
Sie fühlte sich nur "benutzt" wenn sie
"benötigt" wurde.
Es war ihr zuwenig, nur auf Abruf bereit zu
sein. Sie wollte Spontanität und eigene
Entscheidungen, ohne andere zu fragen,
was sich aber nicht mit unserem normalen
Leben vereinbaren ließ.

Ich habe sie nicht ausgenutzt, wir haben
uns nur den Zeiten unterworfen. Es war
uns beiden von Anfang an klar, dasss diese
Beziehung eine schwierige sein würde.
Aber man hätte versuchen können, zu
kämpfen und sich nicht kampflos zu
opfern.
Nein, dazu war es zu schön, zu schön um
einfach zu gehen, den Raum hinter sich zu
lassen, verschlossen mit all den
Geheimnissen und Wünschen die noch
nicht erlebt worden waren.

"Ich liebte sie" und ich tue es immer noch,
obwohl jeder Moment mit ihr so schmerzt,
als würde ich mich selbst kasteien.

Aber es war ihr zu wenig, ständig
unerkannt zu sein, sich zu verstecken.

Sie wollte mehr, hatte aber die Angst, selbst bei dem Entschluss sich für mich zu entscheiden, den Ersatz meiner Ehe zu spielen.
Die Angst als Partner zu versagen war übermächtig und ich verlor sie innerhalb kürzester Zeit, ohne das sie mir jemals die Chance gab eine positive Lösung für uns beide zu finden.

Der Moment des Verlustes, den ich nicht wahrnehmen wollte, macht mich verrückt. Ich hatte sie geliebt und ihr niemals einen Grund gegeben dies nicht auch zu tun.

Aber sie entschloss sich, diese Gegenwart und Zukunft zu annullieren.
Sie selbst wollte ihre Selbständigkeit zurück haben. Entscheidungen treffen und nicht mehr abhängig vom Partner sein zu müssen. Fast zwanzig Jahre lang unterwarf sie sich der Abhängigkeit und niemals schaffte sie es sich aufzubäumen um Respekt zu erlangen. Sie nahm alles, so wie es war, mit all dem Leid, dem Schmerz und Schmach. Als moderne Kurtisane ohne Rechte gab sie ihre Seele auf.

Und so widersprüchlich sich dies anhört gerade bei mir, der sich als Seelenverwandter entpuppte, bekam ich die ganze Breitseite, aufgestauter Emotionen vergangener Zeiten zu spüren.

Ich verstand die Welt nicht mehr.

Was für den einen ein Stich im Herzen ist, war und ist für mich, der gewaltsame Verlust einer "wirklichen Liebe".
Das Bedürfnis sie zu sehen, mit ihr zu reden und sie anzuhören, war so tief, dass es mich erschreckte. Ich konnte es nicht glauben, dass all das nie wieder geschehen würde.
Es war, als hätte jemand dort Löcher in die Welt geschnitten, wo sie hätte sein sollen.
Ich fühlte mich wie ein letztes kleines Pflänzchen, das aus seinem dürren Acker gerupft und mutwillig zertrampelt wurde.
Ich hätte alles gegeben, wenn auch nicht sofort, aber ich hätte alles geopfert - und nun bin ich derjenige, dem das Herz entrissen, zerschnitten und in alle Winde verstreut worden ist.

Ich glaubte mit beiden Beinen im Leben zu
stehen, und spürte doch schon den
Abgrund unter mir. Wie kann ein
Glücksgefühl so trügen und Schmerz so
süß schmecken?
Ich schaute ihr beim Einschlafen zu und
am nächsten Tag zerstörte sie meine
Träume.
Wie konnte ich mich in meiner Liebe zu ihr
nur so irren?
So verrückt war ich noch nie.
Warum spürte ich nicht den kommenden
Schmerz?
Fühlte mich wie vierzig, benahm mich aber
wie zwanzig.
Und konnte nicht mehr zurück.
Ohne sie wäre mir so was nicht passiert!

Jetzt weiß ich, wie dicht Wahnsinn und
ihre Gegenwart bei einander liegen.
Wie konnte ich mich nur Hals über Kopf in
sie verlieben, wo doch alles nur eine
einzige Lüge war, ein Fundament aus
Lügen und Ungewissheit!

So einfach ist es also, ein Herz zu
zerbrechen!
Augen zu! Abgehakt! Erledigt!

Warum hat sie mich wie ein Kind behandelt, ein Kind, das sich so nach ihr sehnte?
Zurückgelassen, einsam, verwaist.
Wie kann man nur so tief empfinden und sich gleichzeitig dabei so einsam fühlen?

Wenn sie gehen muss, werde ich sie nicht zurückhalten! Auch in mir bei dem Gedanken eine von Eifersucht und Verlust durchsetzte Wut aufkommt.
Doch ihre Gegenwart bleibt und wird mich nicht in Ruhe lassen!
Diese Wunden scheinen nicht zu heilen.
Der Schmerz ist einfach real und sitzt zu tief, um in Vergessenheit zu geraten!
Ich war bereit, ihre Tränen zu trocknen, die Angst in ihren Schreien zu nehmen! So, wie ich ihr in den letzten 18 Monaten stets ihre Hand gehalten habe.
Und das wird sich auch niemals ändern.

Ihre Gegenwart hat mich gefesselt und jetzt bin ich von dem, was davon übrig geblieben ist, abhängig!
Ihr Gesicht verfolgt mich in meinen, einst angenehmen Träumen.
Ihre Stimme und ihre Blicke haben mir den Verstand geraubt!

Ich habe versucht, mir einzureden, sie
wäre fort gegangen, doch sie ist noch
immer hier und dennoch spüre ich diese
innere Einsamkeit!

Doch eines Tages werden wir uns wieder
begegnen, irgendwo, ganz weit weg,
vielleicht in den Bergen, dort wo wir unser
Luftschloss einst gebaut hatten und ich
werde sagen:
„Ich wünschte, ich hätte mehr aus mir
gemacht".
Und sie wird sagen:
„Ich wünschte, ich hätte dich schon vorher
gekannt".

Es ging schneller als es mir lieb war, sie
verließ mich und das Unternehmen,
innerhalb weniger Tage. Ohne Worte zu
verlieren und ohne Diskussionen
aufkommen zulassen, verschwand sie
genauso schnell wie sie in mein
"vorheriges" Leben getreten war.
Meine Kollegen wussten ebenfalls nicht,
wohin sie verschwunden war.
Sie war einfach weg, als ob sie niemals da
gewesen war - einfach ausgelöscht!

Die Wetterbedingungen verschlechterten sich und damit auch meine bereits schon schlechte Laune.
Ich sah mich immer tiefer fallend, in einem Rohr, ohne die Möglichkeit zu haben, zu bremsen oder gar mich festzuhalten.

Es kam sogar noch schlimmer. Mein Arbeitgeber mußte aufgrund schlechter Auftragslage, Stellen streichen. Und meine war sogar die Erste. Ich nahm es mit Fassung und stellte mir nur vor, dass dies nun der Tiefpunkt meines Lebens sei und es zukünftig nur noch aufwärts gehen könnte. Aber meine positive Einstellung schwang innerhalb kürzester Zeit in Angst und Depressionen um.
Ich verbrachte die Tage im Bett, vor dem Fernseher und ständig mit Alkohol.
Dies wurde mein neuer Freund, mal war er mir freundlich gesonnen, mal war er traurig und aggressiv.
Einer Aufforderung des Arbeitsamtes, mich bei Ihnen zu melden, kam ich nicht nach. Innerhalb eines Monates waren meine kleinen Geldreserven aufgebraucht und versoffen. Sogar mein Telefonanschluß wurde mir gekappt.

Zum Glück waren meine Vermieter für ein halbes Jahr im Urlaub – schön haben es diese reichen Rentner – und so fiel es erstmals nicht auf, dass ich meine Miete nicht mehr zahlen konnte. Ich ging so gut wie nicht mehr aus dem Haus, ich verdunkelte die Fenster und öffnete niemandem die Tür.

Es war eine Frage der Zeit, bis ich für die Aussenwelt vergessen war. Niemand vermisste mich. Meine damaligen Freunde waren schon nach der Trennung von meiner Frau verloren gegangen und in der Zeit danach, lebte ich mein Leben, ohne private Freundschaften aufzubauen.

Ich ließ mich gehen. Machte keine Wäsche, ließ den Dreck, Dreck sein. Ich verwahrloste. Wenn ich mal kurz draussen war um mir eine Flasche Korn und etwas Brot zu kaufen, zog ich meinen einzigen dicken Wollmantel an, schlug den Kragen hoch, nahm einen dicken Schal und setzte noch meine Baseballmütze der „Giants" auf. Mein inzwischen schnell wachsender Bart glich mehr einem Gestrüpp, dennoch erfüllte er seinen Zweck, mich unkenntlich zu machen.

Langsam jonglierte ich Tag für Tag an immer höher werdenden Müllbergen in der Wohnung umher. Leere Flaschen stapelten sich in dem Mülleimer oder rollten auf dem alten Parkett durch die Wohnung bis der nächste Haufen sie abbremste.
Ich gewöhnte mich an den Duft von Müll, Dreck und nicht gewaschen zu sein – es machte mir nichts mehr aus. Ich differenzierte sogar die Gerüche in unterschiedliche Kategorien und gab ihnen Namen, wie Designer ihren Düften. Lüften wäre so oder so nicht gegangen, bei diesen kalten Temperaturen. Es wunderte mich sogar, dass die Gaswerke mich noch versorgten, denn diese konnte ich ebenfalls schon lange nicht mehr bezahlen.

Zwei Wochen später hatten sie "mich" wohl als blinden Passagier bemerkt und schlossen die Wärmezufuhr ab. Nun war es nicht mehr möglich hier zu wohnen, ich musste raus – etwas ändern – über mein Leben nachdenken – eine Entscheidung treffen!

Und nun stehe ich hier an einem felsigen
Abgrund, mit einer unendlichen Tiefe und
dem See.
Die Tankfüllung brachte mich bis an den
Bodensee.
Ich kannte die einzige Stelle am Bodensee
mit felsigem Abgrund. Abseits der
Uferstraße und abseits der Touristen. Der
See hat an dieser Stelle eine eigenartige
Ausstrahlung und man findet hier nur die
Einsamkeit.

Man kann sagen was man will, aber der
Moment der entscheidend sein soll, der
Moment an dem es keine Umkehr mehr
gibt – kann niemals vorhergesehen
werden.
Und niemand kann sagen was kommt nach
der Entscheidung, dem Entschluss, alles
hinter sich zu lassen.
Keine weitere Alternative zu haben, am
Abgrund zu stehen und nicht zu wissen ob
der Wind die Lösung bringt oder nur deine
Seele davon trägt, ist zerschmetternd, wie
die Felsen am Fuße der Klippen.

Nichts wird von dir übrig bleiben, all deine Wünsche, deine Hoffnungen und deine Liebe werden verschwinden, aber auch all deine Taten, das Böse und nicht nur das Gute werden von den Wellen verschluckt und in die Tiefe gerissen.

Es sind nur wenige Meter, dennoch ein weiter Weg.
Es werden Sekunden vergehen, vielleicht zwei oder auch drei.

Was wird mir dabei durch den Kopf gehen - die Erinnerung?
Reicht die Zeit, um zurück zu spulen oder drückt jemand die Pause Taste?
Wie komme ich hierher? Und warum bin ich hier in dieser Situation, was hat mich soweit gebracht?

Zu viele Fragen für vielleicht nur drei Sekunden.

Dabei hat alles so schön begonnen, unerwartet, unglaublich, unbeschreiblich.

Ich dachte es wird alles anders - unsere verborgenen Muster, Glaubenssätze und Verletzungen sorgen trotzdem dafür, dass sich alles wiederholt - es wird nicht anders!
Die Erinnerungen die sich spalten in die Zeit des Kennenlernens, des Annäherns, das tatsächliche gefundene Glück, die berauschende Zeit und den vielleicht unumgänglichen Verlust.

Ich hatte eine solche Sehnsucht nach Leben und den Wunsch, nicht Gelebtes nachzuholen.
Ich hatte lange Zeit Ehe mit Leben verwechselt!
Ich hatte lange Zeit nur meinen Beruf gelebt!
Ich hatte jemanden gefunden, den ich niemals vorher gesucht hatte.
Jemanden, ein Soulmate!
Mit nur wenigen Worten, Blicken oder Musikpassagen konnten wir damals , selbst auf weiteste Entfernungen kommunizieren ohne die Spur einer körperlichen Berührung.

Wir alle haben Bilder im Kopf, wie Menschen idealerweise sein sollten: schön, stark, klug einfühlsam, liebevoll, gebildet – es gibt hunderte von Anforderungsprofilen, die wir in uns haben, je nachdem wie wir aufgewachsen sind. Was für den einen eine Prinzessin ist, kann für den anderen ein Ungeheuer sein. Aber unser Partner wird auf jeden Fall stets an unserem ganz persönlichen Prinzessinenprofil gemessen. Und überall da, wo sie diesen Profilen nicht entsprechen, behaupten wir kurzerhand, sie seien Frösche oder Biester.

Hier in meinem Fall war es die schlafende Prinzessin die auf mich wartete, um wach geküsst zu werden.

Und jetzt, nachdem ich alles verloren habe, was ich besaß, gab es nur noch einen Ausweg.

Aber bevor ich diesen antrete, sehe ich mich wie in einer Wiederholung im Fernsehen.

Damals war ich gerade 40 Jahre alt geworden, als ich mich im Spiegel schon mit meinem grauhaarigen Freund, jeden Morgen beglückwünschte zu diesem Leben – zu diesem "Neuen Leben".

Falten sind Furchen des Lebens, sind ausgetretene Wege und sie werden nicht weniger. Nein, ich war zufrieden mit mir und meinem Freund im Spiegel.
Ich wollte ihn nicht missen – niemals. Es war gut so wie es war, man wird alt, man ist alt und ich konnte damit umgehen.
War es die Zeit des zweiten Frühlings oder war es der Kampf gegen den vermeintlichen Untergang der Jugend?

Plötzlich beginnt der Untergrund sich zu bewegen. Der 911 und ich sind zu nah am Abgrund ich muß ihn zurücksetzen. Risse tun sich auf, Grasnarben öffnen sich. Ich stolpere zu meinem Wagen, ich kann ihn nicht alleine in die Tiefe fallen lassen.
Noch nicht.

„Wo ist derSchlüsse, verdammt nochmal!".

Ich greife auf die Rücksitzbank
und sehe dort diese zwei riesigen
schwarzen Müllsäcke. Seit wann liegen die
dort? Sie sind mir nicht aufgefallen! Sie
sind schwer! Habe aber keine Zeit sie zu
entladen. Ich suche weiter.

Kein Schlüssel, Mist.

Unter dem hinteren Rücksitz habe ich
noch einen Ersatzschlüssel. Der Boden
senkt sich Richtung See, ich muß mich
beeilen. Ich komme in der Eile an den Sack
und er öffnet sich. Eine Hand klappt
heraus, steif und grau, eine Frauenhand.
Es wird mir schwindelig. Meine
mumifizierte Frau befindet sich in dem
Sack auf kleinste Größe
zusammengeschnürt. Ekel kommt auf.
Schnell den anderen Sack öffnen. Der
Schock naht. Es ist Rosa!
Was habe ich nur getan!

In diesem Moment öffnet sich der Schlund
des Sees und zieht den Porsche mit samt
den Passagieren und den Felsuntergrund
in die Tiefe. Ein Schrei erklingt aus dem
Wagen, verstummt aber, durch die Wucht
des Aufpralles auf den Felsen.

Es knallt und der Wagen explodiert, kurz
bevor er im Wasser erlischt.
Letzte Rauschschwaden ziehen über das
Wasser und der Strudel beruhigt sich
wieder. Der See glättet sich und es ist
alles wieder normal.

In der Ferne kann man die ersten Fähren
sehen. Ein Zeichen dafür, dass es Frühling
wird. Der Winter hat sich verabschiedet.

Das Leben kann weiter gehen – solange es
nicht ausgelöscht ist!

Herstellung und Verlag:
Books on Demand GmbH, Norderstedt
ISBN 978-3-8391-2961-6